ÉPITHALAME

On sait qu'un charmant mariage,
Eut toujours pour moi de l'attrait ;
Que s'il se fait sur ce rivage,
Mon crayon reconnu discret,
Aime à lui rendre un juste hommage :
Et c'est ce que souvent il fait.

Ainsi donc, ô muse chérie !
Sur ton luth quelquefois heureux,
Qu'on sait repandu dans ces lieux,
Viens chanter les aimables nœuds,
D'une jeune et belle Marie,
Aux traits fins des plus gracieux,
Et dont on goûte aussi les yeux,
La grâce et la taille accomplie ;
Et qui réunit tous les vœux,
Afin que son tendre hyménée,
Soit toujours protégé des dieux ;
Ait la plus belle destinée ;
Enfin le sort le plus heureux,
Dans tous les moments de l'année.

Dis encor qu'elle a des talents,
Dans le dessin et l'harmonie,
Dont Apollon lui fit présent ;
Une éducation choisie,
Que l'on peut assurer *finie*, (*)

(*) Cela se conçoit facilement, ce mariage étant décidé depuis cinq
ans environ. Déjà M. Thouve... avait un rang distingué dans la diplomatie :
Dès-lors Madame Sag.. et ses parents, dans la prévision d'un brillant
avenir pour leur enfant, et c'est ce qui se réalise aujourd'hui, lui don-
nèrent une éducation aussi complète que distinguée sous tous les rapports ;
pour qu'elle fut à même d'être toujours à sa place dans les sociétés
les plus brillantes comme les plus instruites.   1

Et les plus louables penchants ;
Un aimable et doux caractère ;
D'autres dons non moins importants
Qu'elle tient de sa tendre mère,
Qui depuis ses plus jeunes ans,
Avec un soin bien tutélaire,
Affectueux de tous instants,
La dirigea dans sa carrière
De jeune fille ou de bergère,
Sous les yeux de ses grands parents,
L'aidant aussi de leur lumière,
De leurs conseils si bienveillants !

Mais quant à Monsieur Thouven...
Que je ne connais nullement,
Il doit avoir évidemment
Plus d'une qualité fort belle,
De l'esprit, du discernement,
Du tact et même du génie,
Puisqu'il tient en diplomatie,
Bien que fort jeune, un très-beau rang ;
Car près d'un roi du continent,
Il représente sa patrie.

Puis il porte aussi sur son cœur,
De Napoléon l'effigie,
Notre croix d'or, dite d'honneur,
Que l'on sait aimée et chérie ;
Que très-gaîment, avec bonheur
Le jour de la cérémonie,
Lui présenta sa jeune amie,
Et qui l'attacha sur son cœur
Avec une grâce infinie.

De plus il est grand et bien fait,
Et prévenante est sa figure,

Parle bien, mais avec mesure,
En diplomate, donc discret.

Enfin on lui croit l'âme aimante,
Bonne, sensible autant au moins ;
Par conséquent sera constante,
Prodigue des plus tendres soins,
Envers sa compagne attachante.

Ainsi donc Madame Marie,
Allez avec lui vers ces lieux,
Qu'on sait la première patrie
Des talents, des arts généreux ;
Et surtout des plus gracieux,
Des beaux accords mélodieux ;
De la belle et noble peinture,
De l'éloquence la plus pure,
De la connaissance des cieux ;
Science exacte d'Uranie,
Partant de la philosophie,
De la plus haute poésie,
Sous un climat aimé des dieux.

Enfin dans cette noble Athènes,
Qui montre encor des monuments
Anciens, dans sa ville et ses plaines ;
En font toujours les ornements.

Vous y verrez sa jeune reine,
Qu'on dit belle et bonne à la fois ;
Très-gracieuse souveraine,
Ce que l'on m'a dit plusieurs fois,
Qui, bientôt jugera dans son âme sincère,
Que notre ambassadrice ou plénipotentiaire,
Est de bonne maison ;... le comprendra soudain,
Par votre ton charmant, et modeste et si bien !

Dès-lors vous la verrez pleine de politesse,
D'aménité, de grâce ainsi que de noblesse,
Vous accueillir des mieux dans ses appartemens;
Enfin vous distinguer dans ces groupes charmants,
Qui tous seront formés de cent dames jolies,
Prises dans la cité, dans les diplomaties,
Corps là toujours de choix, brillant et très-nombreux,
Que vous embellirez de vos dons précieux.

Puis vous y parlerez vos langues étrangères,
Trois au moins, je le sais, qui vous sont familières,
De Naples, de Berlin, de Londres ou d'Albion,
Et que vous écrivez très-bien, m'assure-t-on.

Là d'ailleurs vous pouvez dans maintes circonstances,
Parler un peu de tout, des arts et des sciences.
Mais la reine d'abord et son très-docte époux,
En causeront je crois très-souvent avec vous.

Votre mère, il est vrai, toute votre famille,
Qui verront s'éloigner leur bonne et tendre fille,
Sans doute éprouveront un bien juste chagrin,
Lorsque vous partirez pour ce pays lointain.
Mais songeant aussitôt que vous êtes chérie,
De votre heureux époux, et cela pour la vie;
Qu'à jamais il fera votre parfait bonheur,
Ce fait diminuera de beaucoup leur douleur.

Et puis vous reviendrez voir notre résidence
Ce pays tant aimé, qui vous donna naissance,
Et qui fût le témoin de vos premiers plaisirs,
Que toujours vous verrez dans vos doux souvenirs,
Pour embrasser surtout, la plus tendre des mères,
Dont le cœur va vous suivre aux rives étrangères,
En face de l'Asie, au sein de ce canton,
Qu'on appelle « l'Attique » et près du Parthénon. (*)

(*) L'ancien temple de Minerve.

Mais j'entends mille vœux pour votre heureux voyage,
Pour votre long bonheur, pour vos félicités ;
Accueillez, je vous prie, avec quelques bontés,
Les miens également, et mon profond hommage (*).

(*) J'adressai cette pièce de vers à M. Chauv..., la veille de son mariage, en y joignant une lettre qui le priait, qui priait également la famille, de vouloir bien en autoriser la lecture au dîner de noce, si l'on pensait qu'il n'y avait aucun inconvenient à le faire.

J'appris le jour même de la solennité, que cette lecture avait eu lieu après la cérémonie de l'église, au déjeûner de 10 à 12 personnes seulement, qui, s'y j'ai été bien informé, furent assez satisfaites de l'intention, et même de la poésie en général.

Mais la jeune et jolie mariée, par une modestie qu'on lui sait si naturelle, ne permit pas, ainsi que ses parents, une seconde lecture au dîner, où les convives étaient beaucoup plus nombreux. Seulement la pièce circula et plusieurs personnes en prirent connaissance.

Là encore, m'écrivait le lendemain M. Stoff..., elle eût un accueil obligeant qui parut sincère. Le sien surtout, comme homme de goût et d'esprit, qu'il daigna m'exprimer dans sa missive, me fit particulièrement un véritable plaisir.

J'avouerai donc que je m'attendais un peu à la visite de M. le Plénipotentiaire, ou du moins à une simple carte de politesse, d'autant plus que je n'avais pas reçu de réponse à ma lettre d'envoi. Mais ce fut en vain que j'ai espéré cet honneur.

Je ne dissimule pas non plus que j'avais un peu compté sur au moins une carte de M. L.... J'ai regretté de ne pas l'avoir reçue.

A la vérité, six jours je crois après le mariage, un domestique remit chez moi deux lettres l'une dans l'autre qui m'en faisaient part.

Au moins Madame Sag.., la grande maman de la nouvelle épouse, m'a un peu dédommagé de tout ceci ; car avec son exquise politesse de tous les jours, sa grâce accoutumée qui ne la quittent jamais, m'a remercié avec effusion de l'extrême obligeance, me dit-elle, de mes derniers vers sur sa petite fille à l'occasion de son mariage.

Ne puis-je pas dire ici que les choses ne se passèrent pas de la même manière chez M. le C..... P...... dans une semblable circonstance, qui m'inspira aussi une épithalame sur le mariage de sa plus jeune demoiselle. Non seulement elle fut lue au grand dîner de noce, où elle fut reçue avec indulgence, mais l'honorable Com.... deur s'empressa de m'écrire une lettre pleine d'obligeance sur ma petite production du jour, et de m'inviter au nom de sa famille au moins, à venir passer la soirée chez lui. Je le remerciai de suite de son aimable prière que je ne pus accepter. Deux jours après je reçus sa visite amicale, et un peu plus tard celle de Monsieur son gendre. J'aime à citer ces faits car j'en ai gardé un agréable souvenir.

Sur les Musiciens Béarnais que j'ai entendu chanter à la Cathédrale.

———

Souvent j'ai distingué dans notre Basilique,
Des chants religieux, en fort bonne musique,
Pleins de méthode et d'art, d'un ensemble frappant,
Qui toujours produisaient un effet attachant.
Nos chantres au lutrin, de leur voix pleine et pure,
M'ont étonné cent fois, et charmé je le jure.

Dans le jeune clergé, l'on voit de temps en temps,
Des lévites zélés, montrer d'heureux accents.
Nombre de leurs aînés dans la même carrière
Des vœux à l'Eternel, pour notre espèce entière
Exécutent encor dans ces lieux vénérés,
Des cantiques divins justement admirés.

Les élèves nombreux des écoles messines,
Là font entendre aussi leurs voix presque divines;
Agréables au moins, et d'un bel avenir,
Qui, très-assurément, nous font déjà plaisir.
Plusieurs, je le prévois, et j'en ai l'espérance,
Honoreront le lieu qui leur donna naissance,
Pour leurs talents suivis, fréquemment gracieux,
Dans le plus beau des arts, le plus délicieux,
Que leur montrent très-bien les Dalm..., les Desvig...,
Leurs professeurs connus, réputés des plus dignes.

Enfin par fois j'entends nos grands chœurs d'opéra,
Que le docte Apollon, lui seul leur inspira.
On a l'occasion et même assez fréquente
D'applaudir leurs succès par delà notre attente.

Mais je dois l'avouer, je n'entendis jamais
Chants plus mélodieux, et plus purs et plus frais,
Que ceux exécutés, sans presque d'intervalle,
Ce dimanche dernier, dans notre cathédrale,

Par les dix jeunes gens, appelés Béarnais,
Tous chants appréciés, jugés en tout parfaits.
Leurs célestes accords, leurs concerts admirables,
Qui sont, nous le pensons, peut-être inimitables,
Ravissants, c'est le mot, et vraiment enchanteurs,
Soit pour leur majesté, leurs suaves douceurs,
Exerçaient sur notre âme, un si puissant empire,
Qu'il m'est, je le sens bien, impossible à décrire.

Que leurs accents sont purs! qu'on aime leurs accords!
Qu'ils sont nobles, touchants, soupirés sans efforts!
Par leur charme infini, leur douce poésie,
On était énivré de tant de mélodie!
Tous leurs morceaux en chœurs, si bien exécutés,
Montrent incessamment les plus grandes beautés.
On ne goûtait pas moins, je dois le dire encore,
Leur solo si parfait, si frais et si sonore!

Je remarquai toujours et dans cent lieux divers,
Sur tout le continent, dans nombre de concerts,
Que le *cahier noté*, pour suivre la mesure,
Le repos, la cadence, ainsi que la césure,
S'étalait grand ouvert, n'importe pour quel chant,
Sous les yeux non distraits de chaque exécutant.
Or, je dus m'étonner et j'avais peine à croire,
Que nos dix Béarnais, chantassent de mémoire
Les morceaux les plus longs, et les plus attachants,
Les plus harmonieux comme les plus savants,
Avec, je dis encor, cet ensemble admirable,
Qui n'a rien, selon nous, qui lui soit comparable.

En effet, leurs accords beaux et religieux,
Qu'on entendait au loin s'élever vers les cieux,
En silence écoutés de notre ville entière,
Du Chapitre présent, suspendant sa prière,
De Monseigneur Dupont, si recueilli toujours,

De qui les malheureux sans cesse ont des secours ;
Donc de nos Béarnais, la voix tant éloquente,
Si divine en un mot, et vraiment enivrante,
A donc dans ce concert, et dans tous ses instants,
Charmé tout à la fois notre âme avec nos sens.

Au temple de Thalie, à notre Hôtel-de-Ville,
Où de même on a vu se rassembler la ville ;
Là du moins le public, libre et plein d'abandon,
A couvert de bravos, ces enfants d'Apollon,
Puisque comme au saint lieu, leur douce mélodie,
De tous les auditeurs, se voyait applaudie,
Obtenait en un mot et pour chaque couplet,
Un succès unanime, on ne peut plus complet.

Puis on peut affirmer, que leur mise sévère,
Leur calme si constant et leur tenue austère,
A leur groupe donnaient, cet ensemble imposant,
Qu'accompagne si bien, leur noble et beau talent.

———

*La pièce suivante, sur Versailles, son château
et son musée, a été récemment composée sur des
notes qui ont été égarées longtemps ; car elles
furent prises en 46.*

Un matin par un temps on ne peut pas plus beau,
De Paris j'allai voir Versailles, son château,
Le plus beau monument que possède la France,
Pour son architecture et sa magnificence.
Je m'y rendis bientôt par son chemin de fer,
Presqu'aussi vif et prompt que le vent et l'éclair ;
Voyage d'un attrait, séduisant, admirable,
Mais selon mon avis, vraiment trop peu durable ;
Puisqu'il est évident, qu'aucun des voyageurs,
Ne peut bien observer ces sites enchanteurs,

Qui s'offrent aux regards dans cette riche plaine,
Que féconde, embellit, incessamment la Seine;
La vapeur nous guidant dans son cours emporté,
Avec, comme j'ai dit, trop de rapidité,
Nous privant de bien voir tant de belles campagnes,
Sur de jolis coteaux, ou de douces montagnes.

Bientôt donc je me vis, dans la cité des rois,
Si brillante, animée et célèbre autrefois.
Elle me parut grande et surtout bien bâtie,
Ce qui la rend toujours élégante et jolie.
Ses places, ses quartiers, bien ouverts, aérés,
Sont par les étrangers justement admirés.
On apprécie encor ses fort belles allées
De tilleuils en arceaux, de feuilles bien peuplées.

Mais son noble château, précédé de sa cour,
Je le vois à présent et dans son plus beau jour.
Sa grille est magnifique, et pleine d'opulence;
Et dès qu'on est entré dans son enceinte immense,
On peut fixer d'abrd vingt de nos maréchaux,
Dans leur brillant éclat, en marbres des plus beaux.
C'est Condé, Masséna. C'est Turenne et Bessières,
Bayard et Duguesclin, Lannes et Lesdiguières,
De Saxe, Luxembourg, Moncey, Vauban, Mortier,
Villars et Catinat, Jourdan, Duroc, Berthier,
Kellermann et Suffren, Victor, Davoust, Duquesne,
Macdonald et Desaix, Jean-Bart et notre Eugène;
Toutes célébrités d'autrefois, de nos jours,
Guerriers dont les exploits, se citeront toujours.

J'arrive à l'escalier sans tarder davantage,
Sa pierre en est choisie, et montre un bel ouvrage;
Sa rampe est bien sculptée et d'un fini parfait;
De plus, très-aisément, on parvient au sommet;
Puis on entre aussitôt dans une galerie,

Longue, d'une beauté qu'on peut dire accomplie,
Qui tenait autrefois, aux grands appartements,
Dont la splendeur d'alors et les ameublements,
Les décors somptueux, et la noble élégance,
Attestaient du grand roi, cette magnificence,
Qui le plaça toujours au premier rang des rois,
Qu'il sut humilier et vaincre tant de fois!

C'est là qu'on admirait dans ces nobles retraites,
Ces fêtes où régnaient tant de grâces parfaites,
Ces plaisirs recherchés, ces spectacles divins,
Dont on s'entretenait chez tous les souverains,
Qui cherchaient vainement d'imiter l'élégance,
Les arts, la politesse et le bon goût de France.

En effet on voyait dans ces lieux ravissants,
Aux attraits enchanteurs et toujours si puissants,
Ces essaims de beautés et vives et légères,
Les amours et les jeux, et les tendres mystères;
Les concerts et les bals, Thalie et ses gaîtés,
La Tragédie en pleurs et ses sombres beautés.
Combien là, Champmelé (*), ces accents pleins de charmes,
Ont attendri de cœurs, ont fait couler de larmes!

Ajoutons à présent qu'en ce brillant séjour,
Comme j'ai dit déjà, d'une admirable cour,
On y voyait de plus ces fils de la victoire,
Inscrits et pour toujours au temple de mémoire,
Les Condé, les Turenne et les Montmorency,
Villars et Catinat, Louvois, Vendôme aussi;
Mêlés avec Boileau, Racine, aussi Molières,
Fénélon et Quinault, Lully, d'autres lumières,
Dès longtemps si connus, pour leurs talents divers,
Et dont les noms aussi, remplissaient l'Univers.

(*) Célèbre tragédienne de l'époque.

Le commerce à son tour, toutes les industries,
Possédaient du grand roi, les mêmes sympathies,
Le prouvait, leur faisant du château les honneurs;
Enfin les recevant comme les grands seigneurs,
Voulant encourager au sein de sa patrie,
Ce qui dans tous les temps, l'aide et la fortifie;
Les talents et l'esprit, les utiles travaux,
Qui font qu'un grand état, n'a que peu de rivaux.
Sous son règne en effet, et dans l'Europe entière,
Des nations alors nous étions la première.

Mais l'ornement surtout de ces aimables lieux,
C'était, comme j'ai dit, ce sexe grâcieux,
Que là représentait la tendre Lavalière,
Dont l'amour pour Louis, se montrait si sincère!
Madame Montespan, dont la rare beauté,
Egalait, disait-on, la *superbe* fierté;
De Maintenon encor, peut-être un peu moins belle,
Et dans ces régions on le sait, plus nouvelle;
Mais ayant plus d'esprit, plus de finesse enfin,
Bientôt sût s'emparer du cœur du souverain. (*)

Combien d'autres beautés, plus jeunes, plus jolies,
Et j'ajoute surtout, aux grâces accomplies,
Près de lui se montraient, en groupes élégants,
Dans l'espoir d'attirer ses regards bienveillants,
En bravant le courroux des dames titulaires,
De Montespan surtout, femme des plus altières,
Mais humble néanmoins, devant sa majesté,
Qui lui fit, croyait-on, mainte inf....,
Quand sà dame, la reine, au fond de sa retraite,
Pleurait et gémissait, bien souvent en cachette.

Puis je pus voir aussi dans ces mêmes moments,
Ce qu'on nommait alors « petits appartements »,

(*) Qui l'epousa plus tard quand elle était la veuve Scaron.

Qui, comme dans ces temps, montrent encor je jure,
Un éclat enchanteur, la grâce la plus pure.
Leur bon goût en effet, leur noble dignité,
Rivalisaient en tout, d'attraits et de beauté.
C'est là que le grand roi, plusieurs dames choisies,
L'élite de sa cour, partant des plus jolies,
Quelques jeunes seigneurs, en petit comité,
Et dans un abandon charmant, plein de gaité,
Faisaient de longs festins, à l'ombre du mystère,
En toute liberté sans craindre de déplaire
Au maître du logis, qui partageait toujours,
Ces jeux et ces plaisirs,.. et presque ces amours ;
Mais n'oubliant que peu, sa dignité suprême ;..
Que son front portera, demain le diadème. (*)

Mais je reviens encore, aux grands appartements,
Où l'on voit aujourd'hui tant de tableaux charmants,
Dans ce vaste musée, aux savantes peintures,
D'un *fini* rigoureux, aux couleurs les plus pures,
Où sont représentés, tous nos enfants de Mars,
Suivant à rangs serrés, leurs nobles étendards (**)
Devant Fribourg, Rocroi, Norlingue, où leurs cohortes,
Servaient au grand Condé, de guides et d'escortes.
On y contemple aussi, ces champs de Fontenoi,
Où de Saxe vainquit, sous les yeux de son roi,
Rompit et traversa, la colonne fameuse,
Qui longtemps se montra presque victorieuse,
Alors que Richelieu, ses généreux français,
Emportèrent d'assaut, ce long camp des anglais. (***)

(*) On sait en effet que Louis XIV, dans ces rapports les plus intimes, gardait à peu près ce décorum, cette dignité qu'exigeait sa position de souverain.

(**) On sait que cette galerie contient toutes les grandes batailles qui ont eu lieu depuis deux siècles et par nos premiers peintres.

(***) Cette phalange prolongée en carré de 18 à 20000 hommes.

Ce passage du Rhin, renommé dans l'histoire,
Que Boileau par ses vers, grava dans ma mémoire,
En me montrant le dieu de ce fleuve indompté,
Que l'on voyait aussi justement irrité,
Regardant sur ses flots, notre vaillante armée,
Qui là comme partout, soutint sa renommée.
Ensuite j'observai les tableaux de nos temps,
De même exécutés par les premiers talents;
Ces célèbres combats, près des trois pyramides,
Du Thabor, d'Aboukir, où nos vieux intrépides,
Dans ces climats lointains, arides et brûlants,
Montrent sans hésiter les plus nobles élans.

Mais voici de Jaffa la scène mémorable,
Dont l'aspect toutefois, est pourtant lamentable.
Sont nos pestiférés, qui sont morts ou mourants,
Bonaparte au milieu, qui passe en tous les rangs,
Cherchant à ranimer celui qui vit encore,
Hélas! qu'un mal rongeur visiblement dévore.
Là le chef de l'armée, en ses jours malheureux,
Montre son calme froid,... mais qu'on voit douloureux...

Puis venaient les tableaux, d'Arcole et Castiglione,
De Lodi, Marengo, Rivoli, près Vérone,
Où dans tous ces grands jours on put voir nos guerriers,
Enlever et gaiement des moissons de lauriers.
Austerlitz et Wagram, Friedland, Ulm encore,
Offraient aussi les leurs dans leur brillante aurore,
L'empereur au milieu, contemplant la valeur,
De ses nobles enfants, qui lui faisaient honneur.

Là je vis les portraits si pleins de ressemblance,
De tous les maréchaux dont s'honore la France;
Qui portèrent son nom, partout dans l'Univers,
En franchissant les monts, les fleuves et les mers.

Je voulus voir aussi, les salles de sculptures,
Qui me plurent bien moins que celles de peintures;
Ce que l'on comprendra, je suppose à l'instant,
Leur aspect n'ayant plus, non le même ascendant...
Vivant sont les tableaux, parlant à la pensée,
Nous attachent partout, dans ce vaste musée.
Mais le marbre on le sait, dans sa pâle blancheur,
Malgré tout le talent de l'habile sculpteur,
De son ciseau divin, aidé de son génie,
Offrant un groupe au plus de la mythologie,
Jamais ne produira ces effets tant heureux,
Que nous donnent toujours les pinceaux généreux.

Or, je restai donc peu dans cette galerie,
Par tous les visiteurs, je crois bien moins suivie,
Malgré qu'il soit certain que les premiers ciseaux,
Avaient encor produit, ces marbres sans égaux.

Une autre longue pièce, aussi très-remarquable,
En dehors du musée, et pourtant admirable
Par ses nouveaux attraits, ses nombreux ornements,
Tous des plus variés, très-frais, des plus charmants,
En peintures-décors, riches autant que belles,
Des plus fines enfin, que l'on croit sans modèles,
    S'offrant ici de toutes parts,
    Aux côtés, au plafond encore,
    Attachant, fixant les regards;
    Que partout le bon goût décore.

Les artistes premiers et cités dans Paris,
Avaient apporté là, leurs talents si chéris,
Que le roi recherchait, employait à toute heure,
Pour orner, embellir, sa royale demeure.
Le vitrage si claire de cet appartement,
Et non interrompu dans son prolongement,
Me permettait de voir ces jardins, ces parterres,

Ces massifs élégants, leurs plantes étrangères,
Ces bosquets enchanteurs et leurs ombrages frais,
Où Louis entouré d'essaims remplis d'attraits,
Représentant les ris, les amours et les grâces,
Les zéphirs et les jeux, folâtrant sur ses traces ;
C'étaient, dis-je, on le sait, de jeunes déités,
Ou nymphes possédant les plus rares beautés.

Un jour dans ces bosquets, nous rapporte l'histoire,
En détails fort précis et que nous devons croire,
Nombre d'elles goûtant les seigneurs de la cour,
Dont plusieurs étaient bien, jeunes et faits au tour,
Admirant leur aisance et leur désir de plaire,
Les louaient de concert... Alors de Lavallière,
Leur dit ingénument, et de très-bonne foi :
« Qu'elle comprenait peu, qu'en présence du roi,
» L'on pouvait remarquer tel ou tel personnage,
» Malgré qu'il semblât bien, de taille et de visage, »
    Ajoutant que le souverain,
  « Avait reçu de la nature,
  » Taille élevée et beau maintien;
  » Une belle et noble figure.
   « Qu'il devait donc charmer les yeux,
  » Le cœur, de toute l'assistance,
  » Par son ensemble grâcieux,
  » Qui n'admet pas de concurrence. »

Ces mots sont rapportés le soir au potentat...
Et l'on sait quel en fût bientôt le résultat...
Il donna lieu d'abord à maintes jalousies,
Et Lavallière alors eut bien des ennemies...

Je vis les Trianons, châteaux très-élégant,
Petits, mais pleins de goût,.. et boudoirs ravissants;
Heureux points de repos après des promenades,
Dans ce parc tant cité! sous ses vertes arcades,

Où des collations, de champêtres repas,
Se donnaient recherchés, et fins et délicats,
　　Aux sons d'une douce harmonie,
　　Et toujours par ordre du roi,
　　Dont on savait la courtoisie,
　　Et la prévoyance à la foi.;
　　Heureuse, aimable circonstance,
　　Qu'il faisait naître fréquemment;
　　Où le goût, l'art et l'élégance,
　　Rivalisaient incessamment.

Ces bassins, ces jets d'eau, leurs flots perçant les nues,
Ces groupes de la fable, et cent autres statues,
　　Tous ces tritons, tous ces faux dieux,
　　De l'antique mythologie,
　　Portés sur les flots écumeux,
　　Chaque scène toute accomplie,
　　Donnaient à ces nobles jardins,
　　Ces beaux effets si remarquables,
　　Ce coup-d'œil, ces attraits divins,
　　Que l'on prétend inimitables,
　　Pour la grâce et les dessins.

J'allai, pour terminer, visiter la chapelle,
Qui, de même à son tour se présenta fort belle.
L'architecture encore est pleine de beauté...
C'est une bonbonnière, un bijou complété.
L'autel on le conçoit, offre de la richesse,
Un éclat tout empreint de luxe et de noblesse.
Là s'observent aussi plusieurs tableaux pieux,
Des vierges bien de traits, aux contours gracieux;
Des anges et des saints dont encor les visages,
Leurs jolis accessoirs méritent nos suffrages.
Des marbres distingués, fruits des doctes ciseaux,
Se voient également, parmi d'heureux tableaux,

Dont l'effet est soudain pour leurs grâces réelles,
Pour leur perfection, véritables modèles ;
Dont le peintre en un mot et l'habile sculpteur,
Nous montrent de leurs arts, ce qu'ils ont de flatteur...

La tribune du roi, de la famille entière,
De quelques favoris, est bien un peu sévère,
Mais a des ornements qu'on suppose de prix,
Comme on en voit partout dans ce joli pourpris ;
Qui conserve pourtant, il faut le dire encore,
Cet ensemble sacré que le fidèle honore ;
Qui voyait le matin le plus puissant des rois,
Une nombreuse cour, et brillante à la fois,
S'incliner à genoux, humblement en prière,
Devant le Dieu divin, qui répand la lumière ;
Le roi lui demandant un pardon généreux ;
Pour quelques doux péchés qui le rendaient heureux...

Mais il est déjà tard ; je dois à plus d'un titre,
Terminer à présent cette trop longue épître ;
Qui pourtant m'a donné plus d'un heureux instant...
Puissent mes chers lecteurs pouvoir en dire autant !...

———

A M. LE PROFESSEUR WENDLI..,

Qui m'avait adressé de fort bons vers, après avoir reçu les miens sur
la fusion des trois Cercles, etc.

Je ne m'attendais pas docte et cher Professeur,
    Que mes recettes bucoliques,
    Qui ne sont que peu poétiques,
Méritaient de Wendli.., un accueil si flatteur.

Je le savais versé dans plus d'une science,
    Se connaître en talents divers ;
    Mais je doutais qu'il fît des vers,
Avec cet art, ce goût, cette facile aisance.

J'ai dû le remarquer dans ceux que sa bonté,
    Et son indulgence infinie,
    M'ont faits en bonne poésie,
Où règne également beaucoup d'urbanité.

Vos cinq strophes enfin, d'une heureuse facture,
    Tous enfants de votre loisir,
    M'ont fort flatté, m'ont fait grand plaisir;
Vous n'en pouvez douter puisque je vous le jure.

Quand on accueille enfin si favorablement
    Mes *fugitives* passagères,
    Inélégantes, mais sincères,
On a tout plein de droit à mon remerciment.

Recevez donc le mien, aussi ces autres stances,
    Ces vers que vous trace ma main;
    Puissent-ils à leur tour Wendli..,
Vous distraire un instant dans vos douces vacances.

Le vieux Officier Supérieur en retraite.

Metz, Imp. de PALLEZ et ROUSSEAU.